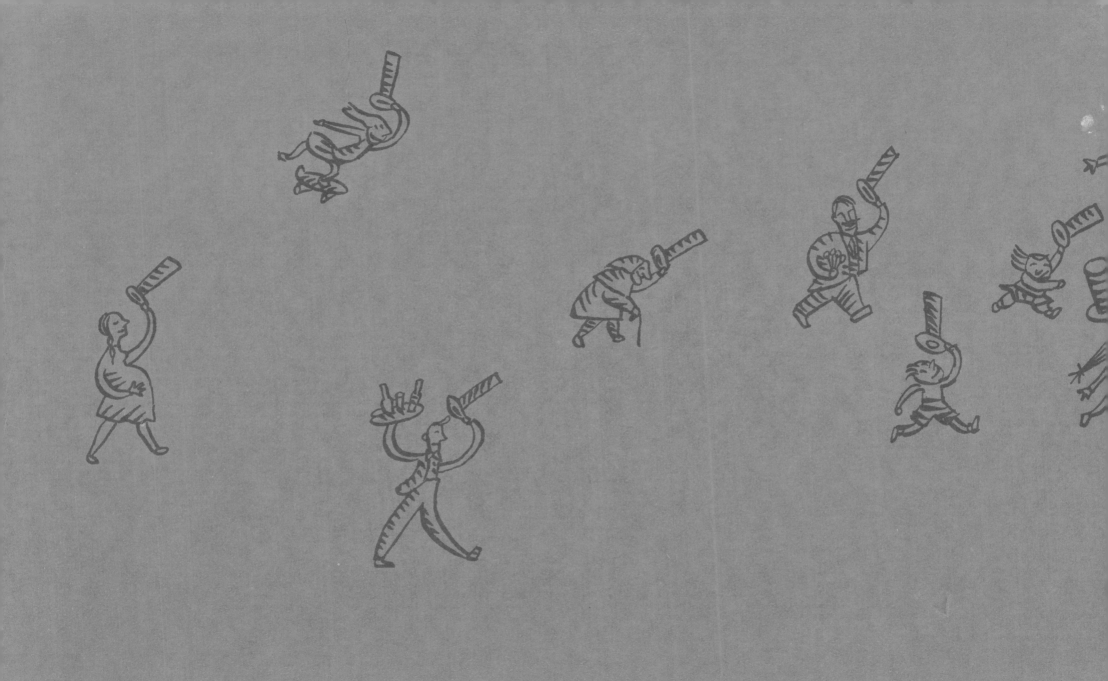

Primera edición: 1997

A Pepe y a su viejo biplano

Siempre, nunca,
largas palabras
que no gusto escuchar.
Por eso no puedo
decirte adiós.
Si agito mi pañuelo,
prolongando mi mano,
no te digo adiós;
sólo musito
¡hasta luego!

Josep Tàssies

Coordinador de la colección: Daniel Goldin
Diseño: Joaquín Sierra Escalante

© de los dibujos: José Antonio Tàssies Penella
© del texto: Rosa Anna Corbinos Paris

D.R. © 1997, Fondo de Cultura Económica
Carr. Picacho Ajusco 227, México, 14200, D. F.

ISBN 968-16-5342-4

Impreso en Colombia. Tiraje 7 000 ejemplares

Carabola

Dibujos de Tàssies • Textos de Rosa Anna Corbinos

LOS ESPECIALES DE
A la orilla del viento

FONDO DE CULTURA ECONÓMICA
MÉXICO

¡**Hola!** Soy la escritora de este libro. Y éste es el libro de las aventuras de Carabola. Carabola es el que abre la ventana. Y una ventana es un agujero para que entren la luz y el viento.

¡Chúpate un dedo y sopla! ¿De dónde viene el viento?

Si lo sabes, intenta pasar la página... ¡Soplando!

¡**M**ira qué bien! Carabola se ha ido de paseo por la ciudad. ¿A ti te gusta pasear por la ciudad? A mí sí, aunque vivo en un pueblo. Carabola vive en una ciudad grande y a veces coge un autobús cualquiera, sin mirar el número, baja donde más le apetece y descubre rincones nuevos. Entonces piensa: son nuevos para mí, pero seguro que aquí se pelearon unos vecinos, se besaron unos novios o tuvo gatitos una gatita coja. También le gusta preguntarse qué hay bajo el suelo que pisa: un garaje, un metro, una cloaca con sus ratas o los restos de una civilización antigua que se quedó dormida debajo del asfalto.

Dime dónde vives y pasa la página.

Los insectos me dan miedo, y no sé por qué, ya que soy mucho más grande que ellos. Es como la historia del elefante que tenía miedo del ratón, pero ésa es otra historia. Por suerte Carabola no les tiene miedo, es más, le gustan y le gusta observarlos. "¿Cómo puede la mosca volar tan rápido que la ves y ya no la ves?", se pregunta. Ahora sigue, despacito, despacito, a esa hormiga que lleva una miga de pan. Cómo ríe Carabola cuando descubre el hormiguero: unas que salen, otras que entran con la comida; cargan pedazos tan grandes que casi no pueden con ellos y, lo que es más curioso, ¡nunca chocan! Y es que moverse uno mismo es mucho más fácil que conducir un coche. A Carabola le gusta moverse y en el campo puede hacerlo gritando el nombre de las flores: " ¡Rosa!", un paso. "¡Clavel!", un paso y un salto hacia delante. "¡Girasol!", un contorneo de la cintura.

Grita el nombre de tu flor preferida, da un salto y pasa la página.

Marta, Gómez, Carlos, Esther y Tadeo son amigos. Marta acompaña a Gómez a comprar leche, para que no vaya tan cargado. Gómez invita a Carlos y a Marta a merendar. Tadeo y Esther se pelean con las almohadas de la cama. Esther inventa canciones con Marta, Tadeo les pone letra y Carlos toca la guitarra. Gómez y Esther se intercambian la ropa y se ríen frente al espejo. Tadeo se enfada con Carlos porque no le deja sus lápices. Algunas veces Marta, Gómez, Carlos, Esther y Tadeo se reúnen y no hacen nada en particular: están juntos. En casa de los amigos, Carabola nunca sabe qué va a suceder. Pero sabe que se va a encontrar con ellos; por eso Carabola se pone a silbar, se peina, se pone colonia y se va a ver a sus amigos.

Y ahora que ya ha llegado Carabola, vamos a pasar la página silbando.

Existe un sinfín de tipos de nariz: chatas, con forma de patata, con mocos, pecosas, aguileñas... Carabola, en su mesilla de noche, tiene una nariz de payaso roja y flamante. Algunas mañanas mete la mano en el cajón y dice: "Hoy me pongo la nariz". Luego, sale por la puerta de su casa y saluda al público transeúnte: todos ríen y le saludan. Cuando no lo ven, Carabola se quita la nariz y vuelve hasta su casa, sin que ya nadie le diga nada. Y es que los payasos llevan el corazón en la nariz, para que la gente pueda verlo.

Prueba a pasar la página con la nariz.

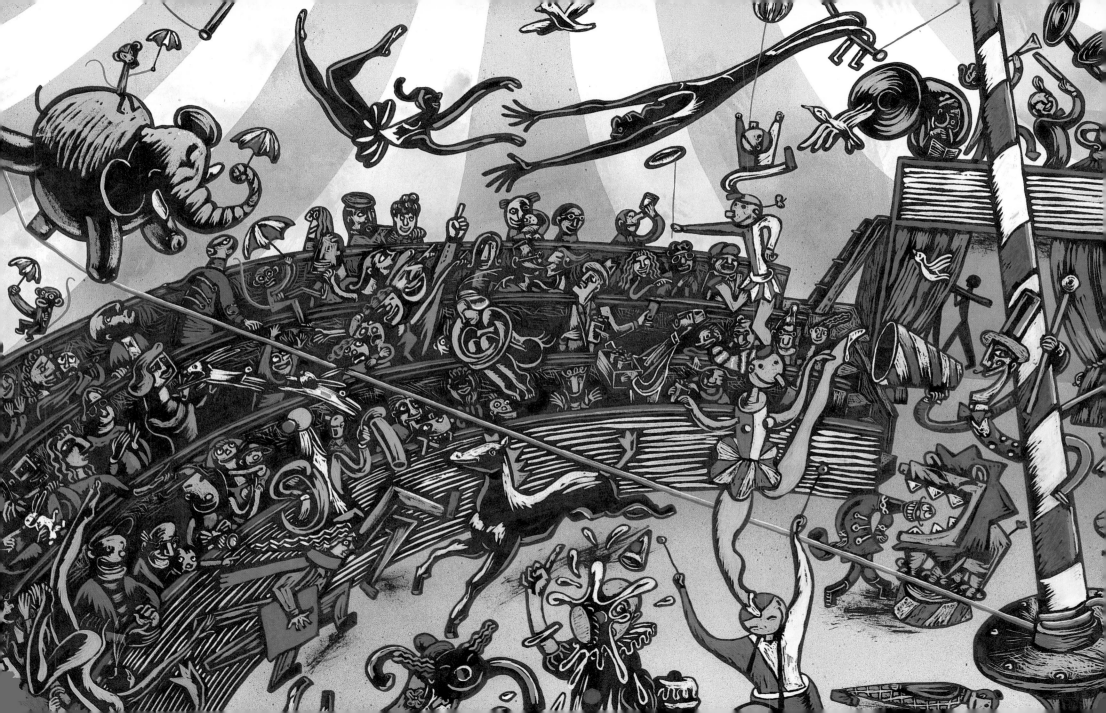

A veces Carabola se siente triste y pequeño. Se siente tan pequeño como una célula. Entonces se mira el brazo, justo al lado del reloj y piensa en sus células, tan pegaditas una junto a otra. Y piensa si no será él también una célula de un organismo inmenso. Si no será él la célula del riñón o del hígado de un megagigantón que vive entre megagigantes y megagigantas en una megaciudad de un megapaís de un megaplaneta. Entonces piensa que a él no le gustaría que una de sus células, tan pequeña, estuviera triste y que no funcionara como tiene que funcionar. Y piensa en el megagigantón, e imagina que a éste tampoco le gustaría que la célula Carabola estuviera triste. Así que sonríe, y ya empieza a sentirse mejor.

Esto que acabo de explicar, no sé si le pasa a Carabola o me pasa a mí, pero seguro que a ti también te pasan cosas parecidas. Así que sonríamos y pasemos la página.

Mi abuelo, que es muy viejo, no cree que el hombre haya pisado la Luna o que viaje por el espacio. "¡Pamplinas!", dice. Y nosotros: "¡Pero, abuelo, mira, si se ve en la tele!" Pero mi abuelo tampoco confía demasiado en lo que dice la tele: "¡Todo mentiras! ¡Todo mentiras!" A veces, cuando lo veo hablar con el presentador de las noticias, que nunca le contesta, me pregunto si no tendrá un poco de razón. Yo no sé si Carabola cree o no que el hombre ha estado en la Luna, sólo sé que cuando mira el cielo, las estrellas se bañan en sus pupilas y yo puedo viajar por el espacio infinito con sólo mirar sus ojos.

Mira a los ojos a la persona que tengas más cerca, dile lo que ves y no olvides pasar la página.

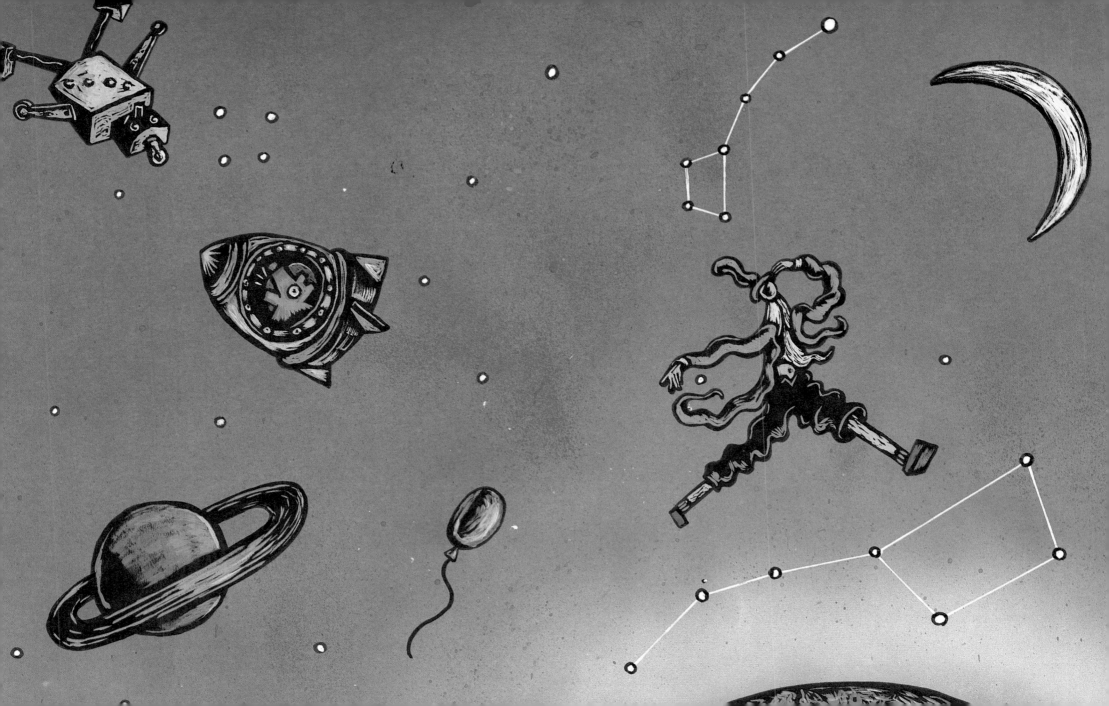

¡**P**asa la página!

"¡**M**anzanas!, ¡manzanas!" Los sábados por la mañana, que no hay colegio, mi vecina acompaña a su madre al mercado. "¿Tienes manzanas?", pregunta un hombre al vendedor. "Sí tengo", le contesta éste. "¿Tienes naranjas?" "Sí tengo." "¿Y plátanos?" "Sí tengo." "¿Y tienes cerezas?" " ¡Sí, sí tengo!, ¡y tengo cocos!, ¡y piñas!, ¡y melocotones!

¿Y qué más te pongo?" La señora que compra medio kilo de chuletas le ha dicho a Carabola que para hacer una buena salsa de tomate tiene que ponerle un puntín de azúcar, lo que le quita la acidez, y dejarla cocer a fuego lento.

La señora del medio kilo de chuletas también ha dicho que pases la página.

No es que me lo haya confesado, pero creo que Carabola siente que el mundo está un poco loco. Él ama el mundo, pero no sabe muy bien hacia dónde se dirige. De vez en cuando, paseando entre una multitud frenética por llegar puntual a algún sitio, Carabola tiene la necesidad de pararse porque se siente invadido por un vértigo que le sale del estómago. Entonces mira a la gente: un señor que frunce el ceño, una señora que toca el claxon sin parar, el guardia que la multa, una chica que pasa a empujones sin darse cuenta. A todos ellos les susurraría: "¡Parad el mundo y dejad que la vida os roce las mejillas!"

Si el mundo está en marcha, puedes pasar la página.

Te explicaré, por último, lo que me ocurrió un día. Bueno, a Carabola le ocurrió también. Un día fui a una fiesta en la que solamente se podía bailar y decir dos palabras: queso y huevo. Era un juego, un pacto. La gente bebía queso o bebía huevo, o bebía queso con huevo, bailaba huevo o bailaba queso, se llamaba Queso o se llamaba Huevo. En esa fiesta conocí a Carabola y con sólo huevos y quesos nos hicimos grandes amigos.

Queso huevo.

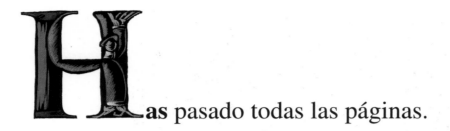as pasado todas las páginas.